Luisinho é um menino muito criativo. Ele gosta de inventar brinquedos e consertar tudo o que está quebrado.

Manu gosta de festa e agitação. Ela anima a todos com suas músicas.
Belinha é quieta e sabe fazer contas como ninguém. Ela é a pessoa perfeita para guardar um segredo.

Dona Dorinha mantém tudo limpo e organizado. Ela faz uma torta de banana ma-ra-vi-lho-sa!

"Seu" Zé gosta de pescar e contar histórias. Ele é craque em geografia.

Todos têm o seu jeito próprio de ser e cada um sabe fazer coisas especiais.

O plano de Deus é perfeito e Ele resolveu dar talentos diferentes às pessoas para...